ORAISON FUNÈBRE

DE

MONSEIGNEUR DENNEL

PRONONCÉE LE 26 NOVEMBRE 1891

EN L'ÉGLISE CATHÉDRALE D'ARRAS

PAR

Mgr BAUNARD

RECTEUR DES FACULTÉS CATHOLIQUES DE LILLE

MONTREUIL-SUR-MER

IMPRIMERIE NOTRE-DAME DES PRÉS

1891

ORAISON FUNÈBRE

DE

MONSEIGNEUR DENNEL

PRONONCÉE LE 26 NOVEMBRE 1891

EN L'ÉGLISE CATHÉDRALE D'ARRAS

PAR

Mgr BAUNARD

RECTEUR DES FACULTÉS CATHOLIQUES DE LILLE

MONTREUIL-SUR-MER

IMPRIMERIE NOTRE-DAME DES PRÉS

1891

ORAISON FUNÈBRE

DE

MONSEIGNEUR DENNEL

In veritate et charitate.
En vérité et charité.
(II *Joan.* 3.)

Monseigneur, mes frères,

Telle était, vous le savez, la devise évangélique inscrite sur le blason de l'Évêque bien aimé dont nous venons célébrer la mémoire en ce jour. Ç'avait été autrefois la devise de saint Jean, de qui il la tenait, comme de l'évangéliste de la divinité et de l'apôtre du saint amour. Que dis-je ? Il la tenait de Jésus-Christ lui-même, docteur et pasteur suprême, lequel a proclamé qu'il était « la lumière du monde et qu'il nous aimés jusqu'à la fin. »

Si jamais cette devise a convenu aux Évêques, c'est bien assurément dans le temps où nous sommes. Jamais, plus que dans ce siècle d'obscurcissement et de négations impies, ils n'ont eu le devoir d'être de lumineux flambeaux de doctrine et de vérité. Jamais, plus que dans cet âge de refroidissement et de lutte sociale, ils n'ont eu le devoir d'être d'ardents foyers de charité et de paix. Que par eux donc aujourd'hui la doctrine et l'amour se mettent en marche par le monde, en se donnant la main ; et le monde est à eux !

Il l'avait compris, mes frères, le Père que vous pleurez. Et lorsque, devenu Évêque, il lui fut demandé de représenter par un signe et d'exprimer en deux mots ce qu'il avait dans son âme et ce qu'il voulait mettre dans sa vie, il prit pour signe le cœur de Jésus, un cœur rayonnant de lumière et embrasé de flammes, un cœur qui porte une croix et que l'épine environne, — car y a-t-il quelque part un amour sans sacrifice ? — Puis, au bas de ce signe, et pour en achever l'éloquence, il inscrivit ces deux noms qui sont deux noms divins : *In veritate et charitate.*

Or, ce qu'il avait écrit, il s'appliqua à le faire. Ce que vous avez lu, pendant onze ans, en tête de tous ses actes publics, vous l'avez lu dans sa vie. Vous l'aviez lu dans sa vie d'instituteur de la jeunesse, comme supérieur du collège de Saint-Joseph, à Lille. Vous l'aviez lu dans sa vie de pasteur des âmes, comme curé-archiprêtre de la paroisse Saint-André. Vous l'avez lu enfin dans sa vie d'évêque, comme chef de deux illustres diocèses de France. Je ne veux pas d'autre partage aux paroles de justice et de reconnaissance que, suivant vos désirs, je consacrerai ici à sa précieuse mémoire. Le *Maître*, le *Pasteur*, l'*Évêque*, tel vous apparaîtra, si Dieu m'en fait la grâce, dans son double caractère d'homme de la vérité et de la charité, notre Révérendissime Père en Dieu, Monseigneur DÉSIRÉ-JOSEPH DENNEL, successivement évêque de Beauvais et d'Arras, assistant au trône pontifical, comte romain ; à qui daigne le Seigneur ouvrir à jamais ce cœur de miséricorde auquel il s'était donné !

I.

Les origines de cette belle existence furent petites, passées aux champs, à l'ombre de l'église, très douces, très simples, très saintes, singulièrement pures, et marquées visiblement du sceau d'une divine prédestination. L'étoile de la vocation reluit de bonne heure sur cet humble berceau, et les premières démarches de cet enfant d'espérance sont toutes dirigées dans l'avenue du sanctuaire. C'est le bourg historique de Mons-en-Pévèle qui fut son Bethléem ; son Nazareth fut le petit village de Tourmignies où il fut apporté à l'âge de quelques mois. Combien ces pauvres commencements de l'Évêque plaisent à mon cœur, et que je suis bien fait, mes frères, pour les comprendre ! Son père, tisserand en

hiver, cultivateur au beau temps, « cultivateur à la brouette »,
comme on dit au pays ; sa mère, femme simple et pieuse, toute
étonnée plus tard et comme intimidée devant la grandeur de son
fils ; le premier éveil de sa foi et de sa piété, l'éveil de l'homme
de la vérité et de la charité, au catéchisme très bien fait d'un
jeune vicaire du voisinage, où, tout petit enfant, il allait à l'école ;
le curé de Tourmignies qui le distingue dès le premier âge et dont
il devient l'hôte de tout le jour au presbytère ; les leçons paternelles
de cet homme de Dieu qui lui apprend la science de l'amour de Jésus-Christ, en laquelle il excellait, et un peu celle des lettres qu'il
avait, parait-il, poussée moins loin que l'autre ; la bibliothèque
curiale où il fit la connaissance d'un ami inséparable, dans le bon
vieux Rollin, son meilleur maître d'alors, qui lui apprit, en vingt-
cinq volumes, toute l'histoire ancienne et l'histoire romaine ;
d'autres amis, les paysans et les ouvriers, avec lesquels il liait ces
conversations dont il fut coutumier jusqu'à la fin de ses jours ; et
encore les sentiers boisés où il aimait à égarer sa méditation, sa
lecture ou sa prière, *mire cogitativus*, comme on disait de saint
Bernard ; plus tard l'apparition d'une plus grande image du prêtre
et du sacerdoce dans la personne d'un curé voisin, à qui son
maître l'envoyait porter de petits messages, avec des salutations
bien apprises d'avance, et lequel n'était autre que l'éminent et
vaillant archevêque et cardinal actuel de Toulouse : Tel fut, mes
frères, le milieu de religion, d'étude de tendresse et de paix, où
vécut le jeune enfant qui devait être votre évêque. C'est là qu'il
se poussa, beaucoup lui-même, et lui seul, jusqu'à la classe de
troisième, dans laquelle il entra au petit séminaire de Cambrai.

Qu'avec bonheur l'Évêque évoquait ces souvenirs, revoyait ces
lieux champêtres, redescendait sous ce pauvre toit paternel où, à
la longue, l'aisance avait fini par pénétrer, à la suite du travail !
Qu'avec religion ensuite il recueillit ce père et cette mère devenus vieux et infirmes, les entourant de son culte, comme de pieuses
reliques ! Ah ! si Platon a pu dire qu'un père chargé d'ans et une
mère vénérable sont, au foyer domestique, des statues vivantes
des dieux, comment, à plus forte raison, n'en serait-il pas ainsi au
foyer des ministres du Dieu de Nazareth ? Heureux les presby-
tères dans lesquels repose cette bénédiction !

A peine le diaconat lui eut-il été conféré par Mgr Giraud, que nous trouvons l'abbé Dennel professeur au collège ecclésiastique de Marcq-en-Bareul, près Lille, où bientôt après on le vit monter au saint autel : il était prêtre ! C'était un prêtre d'une belle culture d'esprit : on lui confia d'abord la classe de quatrième, puis celle des humanités. C'était de plus un prêtre d'une grande aménité et d'un vrai sens pratique : on lui confia plus tard la direction de la division des petits.

Il faut qu'on le sache bien, Messieurs : l'enseignement dans les collèges, et en particulier l'enseignement littéraire, est une fonction de privilège pour les prêtres qui en reçoivent le mandat et l'honneur. Il en demeure sur leur esprit je ne sais quelle empreinte de distinction et de goût qui ne s'efface plus. Les lettres sont, à les bien prendre, une de ces choses transparentes à travers lesquelles on peut lire le nom de Dieu. Aussi existe-t-il entre le clergé et les lettres un pacte antique, indissoluble, auquel il faut que, bon gré, mal gré, nous demeurions fidèles, en dépit et en raison même des abandons et des trahisons de notre siècle. L'abbé Dennel tint à honneur d'en pousser la culture jusqu'au grade de licencié, plus rare alors qu'aujourd'hui dans le clergé de France. Mais c'est surtout aux âmes de sa division d'enfants qu'il se dévoua avec un cœur qui les lui conquit à jamais. Et lorsque les prêtres de Marcq-en-Bareul, qui venaient de fonder une succursale à Lille pour les classes inférieures et les plus jeunes enfants, voulurent assurer la prospérité de cet établissement, ils n'hésitèrent pas sur le choix du nouveau directeur : l'abbé Dennel, à l'âge de vingt-neuf ans, devint supérieur du petit collège de Saint-Joseph, de Lille.

C'était en l'année 1852. L'Église venait de conquérir la liberté d'enseignement, dans une heure de terreur politique et sociale, laquelle avait été un commencement de sagesse. J'ajoute, mes frères, que celui qui venait de nous assurer enfin cette part de liberté, quoique incomplète encore, allait devenir bientôt votre évêque d'Arras. Qu'il me soit donc permis de le proclamer ici, à côté de sa tombe : le regretté successeur qui l'a tant honoré ne pourra m'en vouloir d'associer à son nom le nom de son grand devancier. Après Mgr Parisis, d'autres sont venus à la dernière minute, pour décider la victoire, au parlement et ailleurs ; je n'ai pour eux qu'une reconnaissance égale à mon admiration. Mais il est juste de dire que le grand évêque de Langres l'avait déjà préparée par dix ans de campagnes, où nulle épée n'avait jeté de plus brillants éclairs, ni porté des coups plus sûrs et plus vigoureux que la sienne. Or il n'est rien de plus beau que de préparer des victoires dont on laisse à d'autres le triomphe : c'est le divin exemple. Mais il y avait d'autant plus justice à le rappeler ; justice à le rappeler ici ; double justice pour moi à le rappeler devant vous, puisqu'en rendant cet hommage au glorieux époux de votre Église d'Arras, je rends en même temps hommage à un glorieux fils de mon Église d'Orléans, aussi fière de son berceau que vous-mêmes pouvez l'être de son siège et de son tombeau.

Votre province fut une de celles qui profitèrent le plus largement et le plus fructueusement de la liberté rendue. Trente maisons d'enseignement secondaire ecclésiastique dans les deux diocèses de Cambrai et d'Arras, toutes aujourd'hui florissantes, le déclarent assez. Celle de Saint-Joseph de Lille ne recevait d'abord que les plus petits enfants : c'était la condition de son établissement. Bientôt le courant de ce côté devint irrésistible, comme il arrive pour tous nos collèges en France, malgré les barrières jalouses qu'on y oppose chaque jour. A quoi cela tient-il, mes frères ? A ce que Jésus-Christ est là, et que de plus en plus, hélas ! il n'est que là. Et là où est Jésus-Christ, les princes du peuple ont beau faire, il leur faut constater dans leurs statistiques que « tout le monde va à Lui : *Ecce mundus totus post eum abit !* » et que l'on ne gagne rien à lui faire la guerre : *videtis quia nihil proficimus.*

A Saint-Joseph, cela tenait aussi à la personne du maître. L'abbé Dennel était excellemment ce que l'on appelle un homme d'éducation. Ce qui le caractérisait, c'était une parfaite égalité de ses facultés, avec cette constante possession de soi-même qui donne presque à coup sûr la possession des autres. Dans l'esprit une grande rectitude de jugement, et comme conséquence, un pressant besoin de netteté, la recherche du point juste en toute chose, et l'effort pour le rendre dans son exacte vérité ; dans la conscience, une délicate attention au devoir, pour lui et pour les autres, avec un art particulier de le faire accomplir sans faiblesse, mais sans violence ; dans le caractère, l'union de la condescendance avec la fermeté ; l'autorité que l'on voit, la bonté que l'on sent, l'embrassement de la justice et de la miséricorde, avec une préférence marquée pour la seconde. A ces traits qui n'a reconnu ce *vir sensatus* tant loué dans l'Écriture, et déjà pressenti en lui le conducteur des âmes ?

C'est l'homme que je viens de peindre ; le prêtre dans l'abbé Dennel était plus grand que l'homme. Il était prêtre partout. Ses élèves nous ont dit comment son sacerdoce rayonnait de toute sa personne, dans ses substantielles instructions religieuses, à l'autel, à l'étude, aux entretiens du soir, à la table même, aux jeux, laissant à ces enfants, dans le plus profond de leur être, une ineffaçable impression de Dieu. L'amour des petits était en lui : c'est le secret des secrets pour la conquête des cœurs. Selon une expression chère à la sainte Écriture, il les couvrait de ses ailes. Ces ailes de l'amour, plus larges que celles du génie, il les étendait sur eux jusqu'au delà de son collège, lorsqu'ils l'avaient quitté, les suivant partout de son cœur, quand il ne pouvait plus les suivre de son regard. Il les étendait, ces ailes, sur les maîtres, ses amis, tant de prêtres qu'il a formés, et auxquels il a gardé la fidélité du service, non moins que celle du souvenir. Il les étendait sur chacune des familles de ses enfants, où le foyer continuait l'action de l'école, lorsqu'il n'en pouvait plus continuer les leçons. Vous étonnerez-vous dès lors que le petit collège fut amené ainsi, presque malgré lui, à devenir un grand collège, avec toutes les classes, même les plus hautes, et à former ce qu'on nomme officiellement une maison de plein exercice ? Pendant vingt ans la génération chrétienne des pères de famille d'aujourd'hui a passé par les mains de ce formateur de la jeunesse, et peu d'autres ont laissé plus que lui leur empreinte sur ceux qu'on nomme partout les catholiques de Lille.

Il était dans cette ville l'homme de l'enseignement. C'est à ce titre qu'il siégeait, comme représentant son archevêque, au Conseil départemental de l'Instruction publique. On n'avait pas encore imaginé d'interdire au premier Pasteur des âmes d'apporter son suffrage dans l'affaire toute spirituelle de l'éducation des âmes, dont l'Église est, de droit divin, la première maîtresse. Que de services il a rendus à la cause de Dieu, dans ce poste délicat, vous pourriez nous le dire, vous, paroisses qu'il a dotées d'instituteurs chrétiens ; vous, prêtres dont il a dirigé et secondé le zèle dans l'établissement d'écoles religieuses ; vous, maîtres et maîtresses, dont il a éclairé les doutes, redressé les erreurs, affermi les démarches, ou prévenu les malheurs ! Ceux-mêmes de ses collègues qu'il combattait par devoir savaient lui rendre hommage ; et leur estime, puis leurs regrets, furent pour lui ce surcroît que le Seigneur a promis à ceux qui cherchent premièrement le règne de Dieu et sa justice.

N'est-ce pas au même titre d'homme de l'enseignement catholique à Lille qu'il fut préposé à la direction spirituelle des religieuses de la Société du Sacré-Cœur de Jésus, auquel il continua ce ministère jusqu'au jour de son épiscopat ? De vous dire quel directeur fut pour ces filles de Dieu le prêtre qui leur avait consacré un dévouement si fidèle, c'est le secret de ces âmes en qui « il disposait ces ascensions » de vertu qui vont de la terre au ciel. Ce qu'on voyait surtout, c'était l'action que, par elles, il exerçait sur la formation chrétienne et domestique de tant de jeunes filles qu'on jette là dans ce moule de la femme forte, lequel demeure le type de tant de mères de famille, en cette terre excellente de Flandre et d'Artois. Et puis s'il est vrai, comme le veut l'Apôtre, que « celui qui catéchise communique en tout bien avec ses catéchisés », le confident de ces âmes consacrées n'en recueillait-il pas pour lui-même quelque bienfait de sanctification ? Ce n'est pas sans profit spirituel, je le sais, qu'on approche de ce foyer immense de l'amour de Jésus-Christ et des âmes, un des plus ardents qui aient été allumés dans ce siècle. Et n'est-ce pas à ce contact que le futur Évêque a puisé cette tendre dévotion au Sacré-Cœur, qui ne fut pas seulement un symbole héraldique sur son blason, mais qui fut l'âme de son âme, et le legs suprême de son cœur à celui de ses prêtres ?

Cependant, après vingt ans passés à Saint-Joseph, Dieu demanda de lui un sacrifice rare. Ce collège qu'il avait élevé à son plus haut point de prospérité possible en ce premier état, il eut le sentiment qu'il ne pouvait recevoir son entier épanouissement que de conditions nouvelles, appropriées aux nouveaux besoins de la cité, elle-même grandissante. C'est alors qu'un groupe de Catholiques du Nord s'adressa à l'éminent archevêque de Cambrai, estimant qu'une puissante congrégation religieuse était plus particulièrement en mesure de pourvoir à cette expansion. Mgr Régnier entra dans leurs pensées, et, sur son désir, la Société de Saint-Bertin négocia à l'amiable pour la cession du collège, avec la Compagnie de Jésus. Dans tout cela, de part et d'autre, on n'avait eu en vue que la gloire de Dieu et le plus grand bien de la jeunesse. S'il y eut là pour l'abbé Dennel une part de sacrifice, laissez-moi dire qu'il en fut récompensé, même en ce monde ; car, ensuite et longtemps encore, il put voir et bénir ce *filius accrescens Joseph*, dont, nous qui l'avons habité, nous nous plaisions toujours à le saluer le fondateur et le père.

Quelques jours après ce grand acte de sa vie, M. l'abbé Dennel était nommé curé-doyen de Saint-André et, peu de temps après, archiprêtre. Il remplaçait dans cette cure Mgr Delannoy porté sur le siège épiscopal de l'île de la Réunion, et aujourd'hui évêque d'Aire, où il combat vaillamment les combats du Seigneur. Dès lors s'ouvre pour le pasteur une nouvelle carrière, celle du ministère paroissial, où nous allons le suivre.

II.

Le ministère paroissial est le premier de tous. Lorsque le Seigneur envoya ses Apôtres prêcher par toute la terre, il ne leur demanda pas seulement de la parcourir en missionnaires, mais il leur prescrivit d'y fonder des établissements : *In quamcumque domum intraveritis, ibi manete et inde ne exeatis.* Or, c'est ainsi qu'ils firent, établissant sur chaque point évangélisé ce que Jésus-Christ avait appelé une maison, la maison paternelle et maternelle des âmes, avec l'autel pour foyer, la paroisse pour famille, et le prêtre pour père.

Il n'y a nulle part au monde de force plus solidement organisée que celle-là. Ce sont quarante mille forteresses de la religion et de la civilisation que ces quarante mille paroisses semées sur la face de la France. C'est vous, mes vénérés confrères, qui en avez la garde : n'y laissez pas faire une brèche ; n'en laissez pas tomber ni arracher une pierre ; elles seront inexpugnables, car Dieu est avec vous et il combat pour elles.

Or, à la tête de ces forces, vous aviez à cette époque, sur les sièges épiscopaux de Cambrai et d'Arras, deux hommes dont les noms sont aussi inséparables, dans les souvenirs de votre province ecclésiastique, que ceux de David et de Jonathas dans l'histoire biblique. L'un, l'archevêque plus maître, l'autre, le suffragant plus père. Ici l'autorité forte, là la bonté conquérante. De part et d'autre, même fidélité aux doctrines romaines, même amour de l'Église, même dévouement à leur clergé, même zèle pour le bien du troupeau et la sainteté des pasteurs. Mais ce que l'un obtient de la vigueur du commandement, l'autre espère l'obtenir de l'attachement éprouvé de ses frères d'hier, devenus ses fils aujourd'hui. L'un plus près de saint Charles, l'autre près de saint François de Sales. A l'un le grand caractère, l'énergie de la pensée, l'action ferme et suivie, la plume trempée comme l'épée, et toute cette puissance de gouvernement qui imprima à son vaste archidiocèse ce branle énergique duquel il marche encore. A l'autre l'immense charité et la miséricorde, la belle intelligence et la grande parole, l'effusion de l'âme, l'affabilité rehaussée de dignité, et tout cet ensemble pastoral qui devait laisser dans vos cœurs de si aimables souvenirs et des regrets si fidèles. Enfin tous deux unis comme l'étaient Pierre et Jean, par des liens qui étaient aussi ceux de leurs deux Églises, et qui leur permirent d'accomplir ensemble, et de concert avec vous, ces grandes œuvres dont vos deux diocèses portent solidairement le mérite devant Dieu et la gloire devant les hommes.

Je devais vous les rappeler, s'il en était besoin, parce que, si Mgr Dennel fut le successeur presque immédiat de l'un, il fut à Lille, comme archiprêtre, le représentant de l'autre. L'heure était solennelle. C'était au lendemain de la guerre, en 1872. On essayait partout, on entreprenait spécialement chez vous, cette œuvre de relèvement social et religieux, à laquelle vos grands catholiques eurent une si grande part. Mais aucun d'eux ne prétendait se passer de l'Église ; et ce n'est pas, certes, dans ce pays qu'on a pu redouter jamais ce prétendu envahissement du laïcisme, duquel on s'est

trop fait peur, et dont on a dit trop de mal. Nos laïques se souve-
naient, ils se sont toujours souvenu, que l'Église est une puissance
hiérarchisée ; et lorsqu'il y avait une question à résoudre, une entreprise à tenter, un combat à livrer, ils se disaient d'abord : Allons
à Cambrai et à Arras ! comme à Cambrai et à Arras on se disait :
Allons à Rome, consultons Rome ! Ou pour le moins on se rendait
auprès de l'archiprêtre de Saint-André, car on savait qu'en lui
la pensée épiscopale trouvait son organe autorisé et fidèle.

C'est ainsi que l'abbé Dennel, devenu par ses relations et sa si-
tuation l'homme de la ville tout entière, se trouva comme néces-
sairement avoir la main dans toutes les grandes choses qui s'y
accomplirent. D'autres sans doute y apportaient une part plus
active, l'archiprêtre y avait surtout une part directive. C'est à son
ombre, si j'ose dire, c'est dans le groupe de ses amis et de ses
anciens élèves que se formèrent les cadres de cet état-major de
fidèles militants, qui, sous le nom de Comité catholique, allait devenir la source de tant d'œuvres admirables dont le fleuve, comme
dit le Psalmiste, réjouit la cité de Dieu. Il en sera de même pour
la fondation des Cercles d'ouvriers ; il en sera de même pour les
conseils de la Société de Saint-Vincent-de-Paul. Il en sera ainsi
particulièrement, mes frères, pour une institution dont le nom
brûle mes lèvres, puisque mes lèvres parlent de la pleine et ardente abondance du cœur.

Que ce cœur puisse donc exprimer ici toute sa reconnaissance
à l'archiprêtre de Saint-André pour la grande part qu'il eut à la
fondation de l'Université catholique de Lille. C'était bien à lui,
l'homme de l'enseignement durant vingt ans de sa vie, qu'il con-
venait de provoquer, de diriger, d'inspirer cette effective revendi-
cation de notre liberté, et les premiers essais qui en furent faits
parmi vous. Et quand je parle de reconnaissance, c'est la vôtre,
Messieurs, que j'exprime, au moins autant que la mienne. Car
enfin il comprenait, lui cet homme de grand sens, que vous n'a-
viez pas tant fait, dans l'ordre de l'enseignement primaire et secondaire, pour laisser ensuite ce grand ouvrage décapité de son
couronnement. Il comprenait, lui, ce vrai père des âmes, qu'on n'é-
lève pas la jeunesse dans la foi et la vertu jusqu'à l'âge de dix-huit
ans, pour la livrer ensuite, dans la crise des passions, aux mains

de l'impiété et de l'immoralité. Il comprenait que le premier besoin de nos sociétés modernes étant celui de chefs qui s'imposent
par l'autorité de la science et de l'exemple, c'est à l'Église qu'il
appartient de les faire et de les parfaire tels, pour le salut du
monde. Il comprenait aussi qu'il ne faut pas laisser à une science
délibérément hostile le dernier mot des solutions qu'elle cherche
à tourner contre la vérité divine ; et que là est un champ de ba-
taille où nous avons le devoir impérieux de descendre, aussi solidement armés que nos adversaires. Il comprenait enfin qu'un
grand clergé comme le vôtre doit s'honorer d'hommes supérieu-
rement instruits dans chacune des branches des connaissances
humaines, afin d'être, en réalité, ce flambeau haut placé par lequel
la maison est éclairée tout entière. Je ne parle pas des urgentes
nécessités qu'allaient créer pour notre enseignement secondaire
des exigences légales auxquelles on devait parer largement et
fièrement, sans attendre le coup que présentement la main des
pouvoirs publics brandit plus menaçant que jamais sur nos têtes.

Mais au-dessus de l'archiprêtre, il y avait le curé : c'est l'homme
des œuvres de la ville et de la région, que je viens de dessiner,
mais l'abbé Dennel était surtout l'homme de sa paroisse. Tout son
cœur s'était ouvert à elle, dès le jour de son installation, dans ces
paroles de saint Paul : « J'ai désiré vous voir, afin de vous distri-
buer quelque part de la grâce spirituelle, et ainsi vous affermir,
et nous consoler mutuellement par la communauté de votre foi et
de la mienne [1]. » Était-il possible de mieux dire, et de mieux faire
ensuite ?

Si le ministère pastoral pouvait se résumer en trois mots qui
embrassent tout, je dirais, avec l'Évangile, qu'il consiste pour le
pasteur à connaître son troupeau, l'aimer et le servir. C'est la
première vertu du bon pasteur de connaître ses brebis : *vocat eas
nominatim ;* l'abbé Dennel le savait, et il faudrait vous montrer le
curé de Saint-André visitant une à une toutes les maisons de sa
paroisse, voulant connaître tout et tous, tous les pères, toutes les
mères, tous les enfants, tous les besoins, toutes les souffrances ;

---

[1] (*Rom.* 1. 11-12.) Desidero enim videre vos, ut aliquid impertiar vobis gra-
tiæ spiritualis ad confirmandos vos, id est, simul consolari in vobis, per
eam, quæ invicem est, fidem vestram atque meam.

n'oubliant rien ensuite, et redisant à chacun chaque particularité avec cette mémoire du cœur qui a tant contribué à lui conquérir les âmes. Le bon Pasteur aime ses brebis et il est aimé d'elles ; et il faudrait vous montrer le doyen de Saint-André vivant de la vie de sa paroisse, très justement fier d'elle, souffrant de ses peines et jouissant de ses joies, comme l'époux des peines et des joies de l'épouse. Le bon Pasteur se met au service de son troupeau ; et il faudrait vous montrer l'infatigable doyen s'asseyant avant le jour à son confessionnal, faisant le catéchisme, distribuant la parole divine avec une inépuisable abondance de cœur, se mettant à toute heure à la disposition de tous, pour un conseil, pour un service, et plus particulièrement pour le service de Dieu.

Malheur, trois fois malheur au prêtre orgueilleux et vain qui se tourne entièrement ou préférablement vers les classes riches et cultivées, au préjudice des classes populaires et indigentes ! Celui-là n'a rien compris ni à son devoir, ni à son temps, ni surtout à l'Évangile. Une telle tentation pouvait devenir celle d'un autre prêtre que lui, dans une paroisse semi-aristocratique, comme celle de Saint-André ; mais le Doyen qui se savait le débiteur de tous se croyait spécialement le débiteur du pauvre, et il avait pour lui les délicates prédilections du Dieu de Nazareth. C'était pour les mères pauvres qu'il se plaisait à faire ces réunions mensuelles où il leur apportait de si douces paroles et de si efficaces secours. C'était pour les jeunes filles pauvres qu'il faisait chaque dimanche ce catéchisme de persévérance où il s'édifiait, disait-il, et s'étonnait lui-même de leurs chrétiennes réponses. C'était pour le fils de l'ouvrier qu'il ouvrait ce patronage de jeunes gens destiné à les préserver, les instruire, les réjouir et les sauver. Son plus précieux voisinage était celui de l'institution des jeunes sourdes muettes et aveugles, abritées à l'ombre même de son presbytère. Que de fois on l'a entendu répéter avec admiration les paroles étonnantes qu'il avait recueillies sur les lèvres de pauvres gens, inspirés, agrandis, ennoblis par la religion ! C'est bien d'eux qu'il pouvait dire : « Je vous ai inscrits dans mes mains » pour ne vous oublier jamais, mains de prêtre et de père, bénissantes et bienfaisantes. Et quand plus tard il provoqua une nouvelle délimitation de sa paroisse, il se réjouit de la pensée qu'elle lui attribuait un plus grand nombre de pauvres, parce que ce serait pour cette paroisse une bénédiction.

Dans la maison du riche, où il se montrait simple, cordial, naturel, affable, on ne voyait d'abord en lui que le *Vir amabilis ad societatem* dont parle l'Écriture. Mais sous l'homme de société, on ne tardait pas à retrouver le prêtre, l'homme de Dieu. Volontiers son zèle tirait-il l'entretien de la vulgarité des discours du monde pour le porter naturellement à des sujets élevés, dont il faisait les honneurs, afin que les autres en reçussent quelque instruction ou édification. C'est ainsi que la table hospitalière où il s'asseyait ne faisait pas oublier la chaire où il prêchait ; de même que son maintien ne laissait pas oublier l'autel où il devait célébrer le lendemain, avec cette dignité qui faisait dire ensuite à une enfant de l'école : « C'est le Pape qui a officié aujourd'hui. »

Ah ! mes frères, dès lors ne vous étonnez pas si entre ses paroissiens et lui ce fut une union à la vie, à la mort : *ad convivendum et commoriendum*. Surtout ne lui en voulez pas, si plus tard, devenu vôtre, il aimait tant encore ce séjour de la ville de Lille qu'il vous sembla parfois peut-être qu'il l'aimait trop. Est-ce que le Seigneur ne se plaisait pas à revoir la Galilée, ce premier champ de sa parole ? Et nous surtout à qui vous le prêtiez par instants, pour nos solennités, pouvions-nous ne pas le bénir de ce qu'il venait resserrer entre les deux diocèses des liens de fraternité qui font notre plus grande force et notre meilleure joie ?

Mais n'anticipons pas : nous avons vu dans l'abbé Dennel le maître et le curé. Maintenant inclinons-nous, mes frères, et saluons l'Evêque.

III.

La nomination des évêques a été de tout temps une des graves préoccupations de l'Église catholique. Elle s'est changée présentement en une cruelle angoisse pour l'Église de France, depuis que des pouvoirs aveugles ont voulu voir dans le catholicisme leur ennemi, dans ses pasteurs des mercenaires ; il ne faut rien moins que notre absolue confiance dans la prudence et la fermeté du Souverain Pontife pour ne pas frissonner en voyant la présentation à tant de sièges épiscopaux reposer en des mains qui voudraient les asservir, ne pouvant les détruire. Aussi bien il y a longtemps que l'Évangile nous a instruits à distinguer le Pasteur qui entre dans la bergerie par la porte, la porte de la doctrine, de la sainteté, de l'humilité, d'avec celui qui furtivement l'escalade par ailleurs. A ce dernier le Seigneur inflige la terrible qualification de voleur et de larron, *ille fur est et latro*. Et comment ne pas s'effrayer, en lisant au même endroit le ravage, le carnage, la perte totale dont par lui serait menacé le troupeau [1] ?

Vous pouviez vous rassurer, Églises de Beauvais et d'Arras ; le nouveau Pasteur qui vous était donné entrait dans le bercail par la porte véritable, les mains pures, le front haut, sans se courber ni ramper. Sa promotion, qu'il n'avait ni demandée, ni prévue, n'apporta à personne plus de surprise qu'à lui. On pouvait savoir en haut lieu qu'il n'avait jamais fait, et qu'il ne ferait jamais aucune concession de doctrine. Il n'y avait qu'à se souvenir de son ardente profession de foi aux doctrines romaines, particulièrement à l'époque du Concile, et de l'horreur qu'il avait de faire fléchir la vérité devant la liberté. On pouvait savoir même, par toutes ses relations, la fidélité antique qu'il avait gardée aux institutions traditionnelles du pays, tant qu'il les crut possibles ; mais on pouvait pareillement s'assurer qu'il saurait mettre la politique de la cité de Dieu bien au-dessus de celle de la cité des hommes, estimant que c'est servir éminemment son pays que d'y faire régner, sans compromis ni faiblesse, le Dieu de l'Évangile. On eut alors l'élémentaire sagesse de le comprendre ; et ce fut en pleine indépendance d'esprit et de caractère qu'il se présenta à vous, conduit par l'obéissance, et tenant par la main la vérité d'un côté, la charité de l'autre.

La vérité, la charité : c'est tout l'épiscopat de Mgr Dennel. A l'heure présente, la vérité souffre tribulation dans le monde. C'est d'autant plus l'heure de la poser devant le monde dans toute sa force, sa grandeur, et sa beauté de reine. Celui qui avait inscrit le nom de la vérité dans ses armoiries ne pouvait manquer à ce premier de ses devoirs ; et si à cette tâche il n'apportait pas les

---

[1] (*Rom.* x, 1, 10.) Amen, amen dico vobis : qui non intrat per ostium in ovile ovium, sed ascendit aliunde, ille fur est et latro. — Fur non venit nisi ut furetur, et mactet et perdat.

dons rares du génie et de la grande parole, il y apportait du moins
un riche trésor de ce bon sens que Bossuet appelle justement « le
maître de la vie humaine. » Il y apportait en plus une solidité de
foi et une droiture de conscience qui sont le bouclier le plus sûr
contre les traits de l'erreur. Par ses instructions et par ses déci-
sions, il fut le docteur de son peuple ; et en somme la vérité eut
sur le siège de Beauvais et sur celui d'Arras un homme qui sut
l'affirmer, la défendre et la répandre.

Il l'a affirmée d'abord : lisez ses Lettres pastorales. Il l'a affirmée
sans diminution, sans atténuation, sans altération, sans cet al-
liage d'esprit humain, ou mondain, que saint Paul nomme un
mélange adultère et l'anéantissement de la croix de Jésus-Christ.
Les oracles du Vatican ont-ils trouvé ailleurs un écho plus fidèle,
sur les questions présentes ? Il fallait dire que le Pape est prison-
nier, persécuté ; il fallait dire que le prophète est dans la fosse aux
lions : Mgr Dennel l'a dit. Il fallait dire que la franc-maçonnerie
est partout au pouvoir, pouvoir occulte, mais souverain, universel;
et que, de ce pouvoir, elle n'use que pour la ruine du monde et le
profit de l'enfer : Mgr Dennel l'a dit. Il fallait dire que le divorce
est la formelle violation de la loi de l'Évangile et la perte de la
famille : Mgr Dennel l'a dit. Il fallait dire que la loi scolaire qui
chasse Dieu de l'école est une loi de malheur, malheur pour la
Religion, mais malheur aussi, malheur immense pour le pays :
Mgr Dennel l'a dit. D'autres peut-être ont pu le dire plus vivement
que lui, mais il l'a dit nettement, à sa manière personnelle. Ce serait trop faire sans doute que de le ranger parmi les évêques les
plus militants, mais il ne cessa d'être un évêque vigilant, une sen-
tinelle éveillée qui dénonce l'ennemi, sans trop se hâter de faire feu
et de tirer sur lui. Et certes, ce n'est pas lui qui portera, devant Dieu
et l'histoire, le reproche d'avoir laissé la vérité sans témoignage.

Cette vérité il faut la défendre, ainsi que la justice, car elles sont
environnées, aussi bien que leurs ministres, de tout puissants ennemis. Des ennemis, en devait-il connaître cet homme conciliant
et bon qui, en montant sur son siège, avait dit ces paroles : « Sans
doute, l'évêque doit montrer une fermeté apostolique pour défendre les droits imprescriptibles de Jésus-Christ et son Église ;
mais alors même que nous aurions à faire entendre des paroles

sévères pour corriger les pécheurs et revendiquer la liberté de
l'Église, nous demanderions à Dieu la grâce de garder la vertu de
mansuétude, cherchant volontiers les moyens d'unir l'intégrité
des principes aux ménagements de la douceur. » Ainsi faisait-il,
vous le savez, tempérant son solide attachement aux principes
par une grande prudence dans leur application, en un temps
et un pays où il faut tenir grand compte de la contingence des
choses. Et cependant c'est lui, cet homme de paix, qui devait voir
longtemps son administration contrariée au dehors par des oppo-
sitions qui furent le long empoisonnement de son épiscopat. Quand
est-ce donc qu'enfin les pouvoirs publics comprendront que volontiers nous serions leurs alliés les plus utiles et les plus sûrs, s'ils ser-
vaient le Seigneur ; car nous n'avons d'ennemis que les ennemis
de Dieu. Mgr Dennel en souffrait. A chaque renouvellement d'année, on lisait dans ses lettres à ses frères du clergé : « L'année
qui vient de s'écouler n'a pas été pour nous sans amertume. Nous
avons vu avec peine la liberté de notre ministère diminuée et nos
œuvres entravées par des interventions hostiles. » Ne le plaignons
pas toutefois, car mieux vaut encore souffrir que trahir. D'ailleurs
une consolation lui était réservée dans le suffrage populaire qui
est d'instinct avec ceux qui souffrent pour la cause de Dieu et
de la liberté. Ne le voyez-vous pas aujourd'hui ? Et je voudrais
vous peindre, par exemple, l'escorte triomphale que lui fit un jour
la ville de Beauvais, à la suite d'une procession traditionnelle,
dès lors menacée de suppression, et où il fit entendre de ces ac-
cents de protestation qui imposent le respect à ceux-mêmes qu'ils
visent.

Mais, pour servir la vérité, il y a mieux à faire encore que de
l'affirmer et de la défendre, c'est de la propager, de la répandre.
Ce qu'on lui ôte, rendons-le lui ; on la chasse de l'école publique,
fondons des écoles privées ; on en veut à nos collèges libres, ou-
vrons-en de nouveaux. Ce n'était pas assez pour le zèle de Mgr
Dennel que les dix ou onze collèges libres ou séminaires de votre
diocèse ; il dote la ville de Béthune d'un nouvel établissement qui
est pour toute la contrée un foyer à la fois d'instruction et de religion. Ai-je besoin de vous dire ses prédilections de père, de pro-
tecteur et d'ami pour cette chère société enseignante de Saint-

Bertin qui, depuis quarante ans, était pour lui une famille ? Quant
aux écoles primaires dont il provoque la fondation sur toute la
face du diocèse, je n'en sais pas le nombre : *Numera stellas, si
potes!*

Enfin, la doctrine qu'il fait rayonner sur la jeunesse par l'enseignement, il veut d'abord qu'elle resplendisse dans le prêtre par la
science ; et vous savez, Messieurs et vénérables Confrères, avec
quelle insistance il vous appliquait et animait à l'étude, au moyen
des Conférences ecclésiastiques. Enfin il veut que la vérité des-
cende sur le peuple, par la prédication. Il faut qu'on prêche, qu'on
parle. Lui-même en donne l'exemple ; il est intarissable. Il sème
la vérité sans compter avec son temps, ni hélas! avec ses forces.
Il la sème dans chaque maison, à la promenade, au salon, à table,
en toute rencontre. C'était son apostolat préféré que celui-là, et
non le moins efficace. Et volontiers, lui aussi, se fût fait honneur
de cette qualification de *seminiverbius* dont l'ironie de la frivole
Athènes avait décoré saint Paul.

J'ai dit la vérité, le service de la vérité ; mais la charité de l'é-
vêque qui donc, mes frères, pourrait en parler mieux que vous?
Ah! surtout n'allez pas la confondre avec la faiblesse. Bossuet
avertit les rois de gouverner hardiment ; et malheur à l'autorité
qui a désappris la fermeté ! Sans doute, l'autorité doit commencer
par s'éclairer ; Mgr Dennel prenait conseil, mais la décision était
de lui ; il en répondait devant Dieu ! C'était toujours, on le savait,
la décision de la plus religieuse conscience. La conscience ! la
conscience ! il n'y avait rien dont il fût pénétré davantage. C'était
pour diriger la sienne, comme la vôtre, dans les voies de la disci-
pline et de la sainteté ecclésiastique, qu'il vous avait donné, mes
vénérés confrères, ces statuts diocésains, desquels il aimait à dire
que n'eût-il fait que cela durant son épiscopat, c'était déjà beaucoup pour le bien de son Église. D'ailleurs aucun esprit de pré-
vention et de parti-pris dans son gouvernement. Sa règle première
était qu'il fallait toujours prendre les personnes et les choses par
ce qu'elles ont de bon, et tirer ainsi d'elles tout le bien qu'elles
peuvent rendre. Quant aux difficultés et aux obstacles, on les
tourne quand on le peut, on les affronte quand on le doit, mais en
ne tranchant jamais que lorsqu'on n'a pas pu dénouer; c'était son

art particulier d'arranger les affaires et de concilier les partis. Mais une fois qu'une résolution était prise, un dessein arrêté, une entreprise commencée, il ne la perdait plus de vue, y marchant, y revenant, y insistant sans repos, avec cette persévérance et cet esprit de suite qui assure le succès dans les choses de la terre, comme dans celles du ciel.

C'est bien sa charité que je vous montre, mes frères, car gouverner c'est aimer, car diriger c'est aimer, car servir enfin c'est aimer. Mais aimer, Messieurs, c'est avant tout se donner. Or, qui donc, je vous le demande, se prodigua plus que lui ? Il vous aimait en se donnant, vous ses amis d'autrefois et d'aujourd'hui, amis de Lille et d'Arras, hommes de foi et de bien, qui pouviez toujours faire appel à ses conseils, ses consolations et ses services ; car qui eut jamais l'amitié plus fidèle? Il vous aimait, vous ses élèves de Saint-Joseph, de Lille, auquel il envoya, de son lit de douleur, sa dernière bénédiction, avec son dernier soupir ! Il vous aimait, vous paroisses et églises de son vaste diocèse d'Arras, qu'il voulut visiter toutes, l'une après l'autre jusqu'à la plus petite, et avec quel dévouement et oubli de lui-même ! Il vous aimait surtout, vous ses prêtres et ses frères ; et qui fut davantage à votre disposition, s'abandonnant à vous, selon votre jour, votre heure, pour une fête, une assemblée, un deuil, un enfant à confirmer, un malheureux à consoler ou une âme à sauver ! C'était chaque jour et à chaque heure du jour, que sa porte vous était ouverte, petits et grands, comme son cœur. Il appartenait à tout ; et il n'y eut qu'à lui qu'il n'appartint jamais.

Une suprême espérance éclaira le soir de cette vie usée, hélas! avant le temps. Du milieu de nos ruines politiques, Mgr Dennel avait vu se dresser autour de lui le plan d'une « Union de la France chrétienne », destinée à rallier les catholiques de tout parti sur le vaste terrain de la défense religieuse. Il en avait lui-même été le promoteur et présenté la formule, dans un de nos congrès catholiques de Lille. Il s'en faisait l'apôtre zélé, infatigable, dans ses courses apostoliques à travers votre diocèse et le nôtre. N'était-ce pas en somme, le règne de Dieu et sa justice dont la restauration, bien que lointaine encore, au sein de la société, faisait palpiter son cœur ?

Ce règne de Dieu, mes frères, votre Évêque allait le voir se lever, mais non pas en ce monde. Épuisé de travaux mais encore plein d'ardeur, lui-même eut peine à croire que l'heure du repos était venue. Il en entendit le signal dans une crise sans espoir, et il se réjouit alors de la pensée que le ciel vaut mieux que la terre. Sa vie avait été belle, sa mort fut plus belle encore. Muni de la force divine des derniers sacrements, entouré de son chapitre et de ses vicaires généraux, il se tourna vers vous, mes vénérés confrères du diocèse entier, et vous ouvrant son cœur, il vous laissa son testament dans ces trois legs sacrés : « Que mon clergé, dit-il, soit toujours édifiant ; c'est pour cela que j'offre le sacrifice de ma vie. Qu'il garde fidèlement ces trois amours : l'amour du Sacré-Cœur, de la sainte Vierge et de l'Église ! »

Finissons là ce discours : il ne saurait se terminer sur de plus saintes paroles. Oui, Père aimé et vénéré, nous garderons dans nos cœurs ce triple et grand amour de votre vie et de la nôtre. Nous garderons aussi l'éternelle mémoire de cette sagesse, de cette bonté, de cette tendre piété qui faisaient vraiment de vous « la forme de ce troupeau » que vous avez aimé jusqu'au dernier soupir. Vous allez bien nous manquer, et vous disparaissez en des jours pleins de ténèbres, d'inquiétudes et de menaces. Mais permettez-nous la confiance que vous laisserez tomber sur votre successeur votre manteau de prophète, et que l'Esprit du Seigneur reposera sur lui. C'est pour lui, comme pour vous, que montent aujourd'hui les prières de votre peuple. Puissent-elles, ô Père de nos âmes, « faire apparaître à vos yeux le doux visage du Christ Jésus, comme dans un jour de fête [1], » et vous ouvrir à jamais ce monde supérieur où ne monte pas la mort, et qui est le royaume de la vérité sans ombre et de la charité sans fin. Ainsi soit-il !

---

[1] *Commendatio animæ proficiscentis* : Mitis atque festivus Christi Jesu tibi aspectus appareat.

Imprimerie N.-D. des Prés. Ern. DUQUAT, directeur. — Neuville-sous-Montreuil (P.-de-C.).